LA

# TENTE FUNÉRAIRE

DE LA

## PRINCESSE ISIMKHEB

PROVENANT

### DE LA TROUVAILLE DE DÉIR EL-BAHARÎ

PUBLIÉE

PAR

ÉMILE BRUGSCH BEY

LE CAIRE, 1889

VIENNE. — TYPOGRAPHIE ADOLPHE HOLZHAUSEN.

LA

# TENTE FUNÉRAIRE

DE LA

## PRINCESSE ISIMKHEB

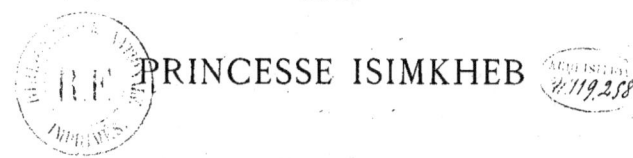

PROVENANT

DE LA TROUVAILLE DE DÉIR EL-BAHARÎ

PUBLIÉE

PAR

ÉMILE BRUGSCH BEY

LE CAIRE, 1889

# TENTE FUNÉRAIRE DE LA PRINCESSE ISIMKHEB

Lorsque le 7 juin 1881 j'eus réussi, après un travail sans relâche de 48 heures, à enlever de leur cachette tous les monuments, réunis aujourd'hui au Musée de Boulaq et connus sous le nom de «la trouvaille de Déir el-Baharî», mon premier soin fut d'étudier le souterrain pour voir, s'il n'était pas en communication avec la construction, située tout près de l'endroit de la trouvaille et appelée aujourd'hui «le temple de Déir el-Baharî».

En regardant la planche I qui donne le plan de la montagne et de la cachette, on comprendra facilement les raisons qui me conduisaient à cette supposition. Déjà MARIETTE avait cru à une communication possible entre le temple de Déir el-Baharî et quelque tombeau ou autre construction souterraine, cachée dans les rochers qui entourent le susdit temple. Encore en 1874 nous avons trouvé dans une dépression assez considérable, à gauche de Déir el-Baharî (en *x*), des débris de constructions portant des noms de la XIᵉ dynastie. C'est en cet endroit que j'avais cru un moment voir aboutir le couloir de la cachette des momies royales.

1*

Quelques heures avant mon départ pour Thèbes (2 juillet 1881), j'avais parcouru le grand ouvrage de MARIETTE PACHA, *Le voyage dans la Haute Égypte*, et c'étaient surtout les lignes suivantes (t. II, p. 71) qui étaient restées gravées dans ma mémoire. MARIETTE, en parlant de la partie souterraine de Déir el-Baharî, dit : «Peut-»être ce lieu n'a-t-il pas été choisi sans intention, et il pourrait se faire qu'on dé-»couvrît un jour dans les environs les tombes si vainement cherchées jusqu'ici, »non seulement de Thoutmès II, mais des autres membres de sa famille.»

Quelle joie et quelle satisfaction pour lui s'il avait pu voir, en vivant six mois de plus, à quel degré son pressentiment devrait se réaliser.

La montagne de la rive ouest qui sépare la plaine de Gournah de la vallée des rois, s'élève à pic, à une hauteur moyenne de 200$^m$ formant une série de demi cercles. C'est celui marqué *y* qui avait été choisi pour le creusement du susdit souterrain. Le puits de forme carrée qui conduit à la cachette, a une profondeur de 11$^m$ sur 2$^m$ de largeur.

L'ouverture se trouve du côté droit du demi cercle, à l'endroit où la montagne commence à former éperon vers la plaine (pl. I, dess. 1). Elle est cachée au fond d'une espèce de chambre naturelle, à ciel ouvert, fermée de trois côtés par le rocher et accessible seulement d'un seul côté par un chemin incliné et assez raide.

Le puits (pl. I, dess. 3) est taillé dans un roc calcaire très décomposé et s'effritant sous le doigt. Le travail paraît avoir été exécuté à la hâte et par des mains peu exercées à ce métier. Au fond du puits vers l'Est se montre une ouverture de 1$^m$15 de hauteur sur 1$^m$40 de largeur, donnant accès dans un souterrain qui prend la direction ouest jusqu'à une distance de 7$^m$40. En *A* le couloir tourne à angle droit vers le nord et parcourt encore 23$^m$80. En *B* quelques marches déclives, irrégulièrement et grossièrement taillées, passent devant une chambre *C*, dont le sol est à peu près de 1$^m$20 plus haut que celui du couloir.

En *D* le souterrain reprend son niveau au moyen de quelques marches et débouche, après un parcours de 30$^m$70 dans une chambre *E* de 7$^m$ de long sur 4$^m$30 de large. Celle-ci est aussi grossièrement taillée que tout le reste, et le plafond est dans un tel état de décomposition, qu'au moindre contact de grandes plaques de calcaire s'en détachent.

Malgré une inspection minutieuse, aucune continuation ni communication secrète avec d'autres chambres ou couloirs n'était visible; partout le même aspect du rocher désagrégé et d'un travail négligé et fait à la hâte.

En quittant le souterrain, et toujours en examinant les murs et le sol, je remarquai en *A*, là où le couloir tourne vers le nord, un renfoncement dans le rocher qui commence à peu près au niveau du sol et qui atteint $1^m 20$.

Un examen plus attentif me fit découvrir une niche, remplie entièrement par une masse difficile à reconnaître au premier abord, et ayant la forme d'un gros paquet de toile de momie enroulée.

Après l'avoir soigneusement enlevé et transporté hors du puits à la lumière, je reconnus, en déroulant le paquet, une tente funéraire en cuir multicolore.

La tente forme un dais dont le plafond présente un rectangle de $2^m 80$ de longueur sur $2^m 40$ de largeur. Sa hauteur est de $2^m 16$ (pl. I, dess. 2).

La matière employée paraît être de la peau de chèvre d'une qualité très molle et flexible, qui a gardé sa souplesse jusqu'à nos jours. La partie supérieure *A*, ainsi que les frises des côtés latéraux *C D* et du devant *B*, portant des dessins, sont composées de pièces de peau de différentes grandeurs et de différentes formes, tandis que les carrés verts et rouges, assemblés en damier, sont formés de morceaux assez réguliers. Tous les dessins, à l'exception des carrés, ont été découpés dans des bandes de cuir de différentes couleurs et superposés après. Le tout a été cousu assez soigneusement.

Quant aux couleurs mêmes, elles ont gardé leur fraîcheur à un haut degré. Seul sur le morceau qui forme le plafond, la teinte bleue des deux bandes extérieures, représentant le ciel, a pris un ton grisâtre, ne laissant que çà et là une petite tache qui a gardé la couleur primitive. Quant aux ornements, quoique exécutés sans aucun soin dans leurs détails, ils ont certainement été composés par la main d'un maître, et ils forment un ensemble fort élégant, dont les lignes sont extrêmement gracieuses.

Les hiéroglyphes sont découpés très négligemment; ainsi le signe ⌒ est représenté souvent par un triangle comme on verra dans le texte des deux bandes latérales qui est donné sur la planche II, au tiers de sa grandeur naturelle.

La composition du dessin du plafond (pl. III) est la suivante :

Le milieu, dans le sens de la longueur, est occupé par une bande jaune clair, ayant un peu moins que le tiers de la largeur. Sur cette bande on a appliqué en travers six rectangles allongés en cuir jaune doré, formant un fond pour autant de vautours aux ailes déployées, et découpés en cuir vert avec des parties rouge et jaune clair. Entre chaque vautour et aux extrémités de la bande centrale on a mis huit fleurettes en cuir rouge, rangées sur une seule ligne. A droite et à gauche, le plafond teint en bleu est parsemé de fleurettes, alternativement jaune claire, jaune doré et rouge, disposées régulièrement sur 24 lignes transversales et 8 lignes longitudinales.

Le nombre total des fleurettes est de 384 soit 128 de chaque couleur. L'inscription (pl. II, B), répétée six fois, donne le titre du père de Isimkheb «le premier prophète d'Ammon Masahirta, le justifié».

La façade du dais (pl. IV) est composée de la manière suivante : trois bandes parallèles en rouge, jaune doré et vert, au-dessus d'une frise formée de lances découpées en cuir jaune doré et vert, appliquées sur un fond rouge. Au-dessous de cette frise et au centre de la bande se trouve une plante aquatique, flanquée de deux cartouches, contenant le nom du roi Pinotem II, grand-père de la défunte, suivis par l'image de deux gazelles, une de chaque côté. Parmi les objets formant l'appareil funéraire de la princesse Isimkheb, nous avons trouvé le cercueil et la momie d'une gazelle. Il paraît que l'animal, conservé aujourd'hui au Musée de Boulaq, était la gazelle favorite de la princesse. C'est cette même gazelle qu'un des parents ou le mari de la défunte, par un pieux souvenir, a fait figurer dans le tableau.

Le reste de l'ornement est composé d'un dessin assez bizarre que je n'ai pas réussi à m'expliquer. C'est probablement une fleur ou un fruit suivi d'un scarabée, ayant les ailes déployées et roulant une boule entre ses pattes. Chose très curieuse à observer :

En étudiant le dessin, on verra que la boule, le scarabée et l'objet sur lequel celui-ci repose ses pattes, forment le second nom du roi Pinotem o🔯. Les deux petites inscriptions (pl. II, A) à droite et à gauche ne donnent que les titres de la défunte : «la fille du premier prophète d'Ammon, la supérieure des femmes sacrées de Min-Hor-(si)-ast, la vénérable Ast-em-cheb.»

Les dessins des deux côtés latéraux se composent de quatre parties : 1° de trois bandes parallèles en rouge, jaune doré et vert; 2° de la frise des lances; 3° d'une longue inscription; 4° de cinq cartouches, contenant le nom du roi Pinotem, flanqué de deux serpents uræus chaque et changeant alternativement avec quatre scarabées ailés du genre de ceux de la façade.

L'inscription du côté droit, pl. II, *C* et pl. III se lit :

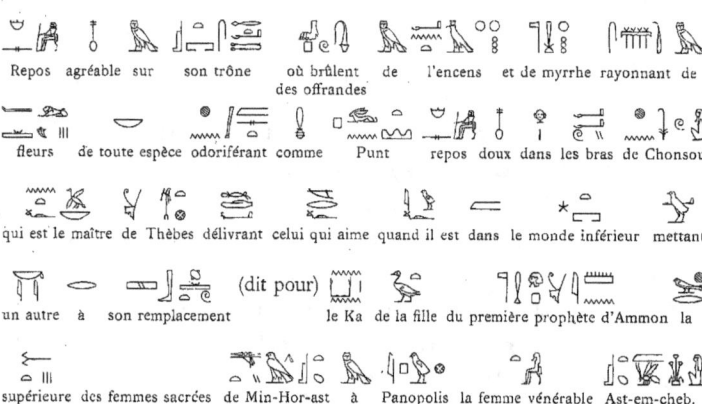

Repos agréable sur son trône où brûlent de l'encens et de myrrhe rayonnant de des offrandes

fleurs de toute espèce odoriférant comme Punt repos doux dans les bras de Chonsou

qui est le maître de Thèbes délivrant celui qui aime quand il est dans le monde inférieur mettant

un autre à son remplacement (dit pour) le Ka de la fille du première prophète d'Ammon la

supérieure des femmes sacrées de Min-Hor-ast à Panopolis la femme vénérable Ast-em-cheb.

L'inscription du côté gauche, pl. I, *D* :

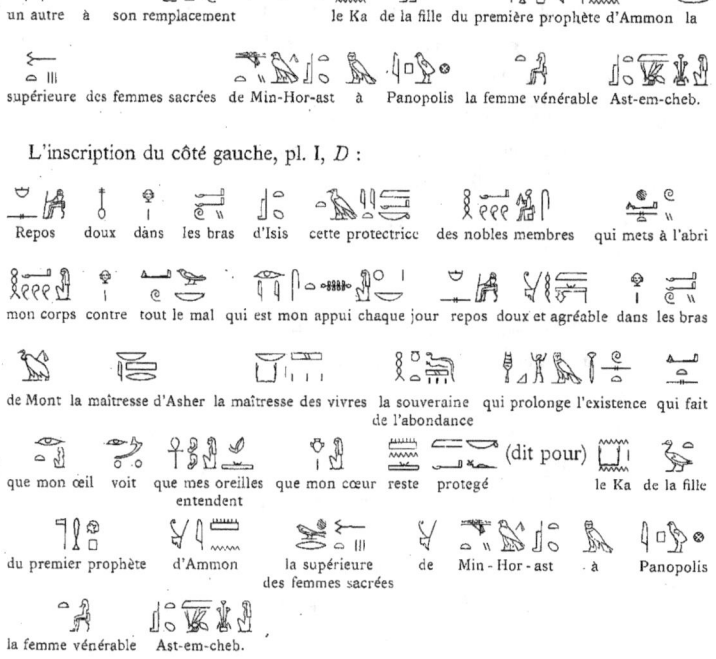

Repos doux dans les bras d'Isis cette protectrice des nobles membres qui mets à l'abri

mon corps contre tout le mal qui est mon appui chaque jour repos doux et agréable dans les bras

de Mont la maîtresse d'Asher la maîtresse des vivres la souveraine qui prolonge l'existence qui fait de l'abondance

que mon œil voit que mes oreilles entendent que mon cœur reste protegé (dit pour) le Ka de la fille

du premier prophète d'Ammon la supérieure des femmes sacrées de Min - Hor - ast à Panopolis

la femme vénérable Ast-em-cheb.

Le fond de la tente (p. VII et pl. I, *E*) est sans dessin. Une frise de trois lignes parallèles en rouge, jaune et vert et des carrés rouges et verts, disposés en damier, en font la simple décoration.

M. MASPERO a donné la généalogie de la famille d'Isimkheb dans son rapport concernant les momies royales de Déir el-Baharî, publié en 1881.

Isimkheb, fille du grand-prêtre Masahirta et petite-fille du roi Pinotem II était mariée avec le roi Ra-men-cheper. C'est le nom de celui-ci qui est imprimé en cire sur les boîtes en feuilles de papyrus, contenant des offrandes et des perruques de cérémonie, appartenant à la même trouvaille.

Les différents objets trouvés ensemble avec la momie d'Isimkheb sont tellement nombreux, qu'il est bien regrettable que le Musée n'offre pas assez d'espace actuellement, pour permettre d'exposer le tout, et de donner ainsi une idée de l'ancienne mise-en-scène de l'appareil funéraire de la défunte reine.

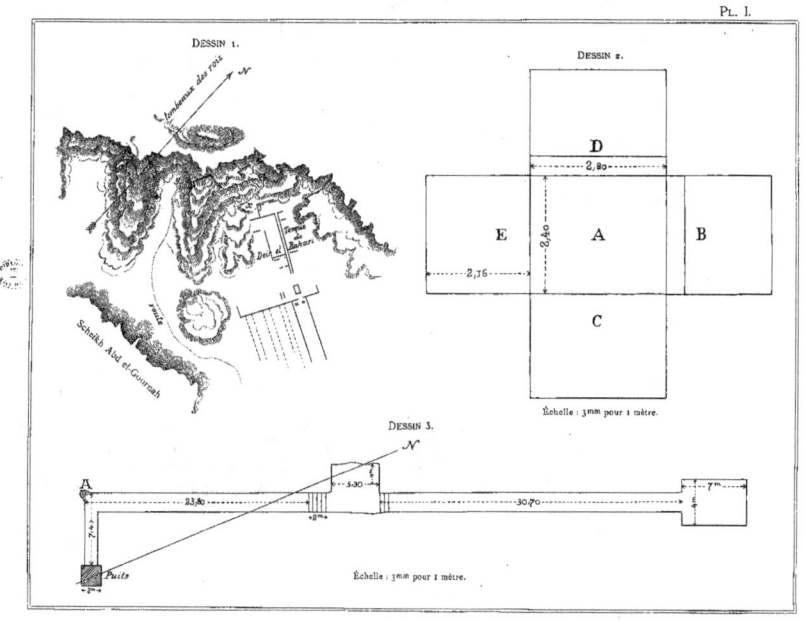

Pl. I.

Dessin 1.

Tombeaux des rois

N

Deir el-Bahari

vallée

Schaikh Abd el-Gournah

Dessin 2.

D

E          A          B

2,80

3,40

2,76

C

Échelle : 3ᵐᵐ pour 1 mètre.

Dessin 3.

N

A          5,30          30,70          7ᵐ

23,80          8ᵐ

Puits

2ᵐ

Échelle : 3ᵐᵐ pour 1 mètre.

Pl. II.

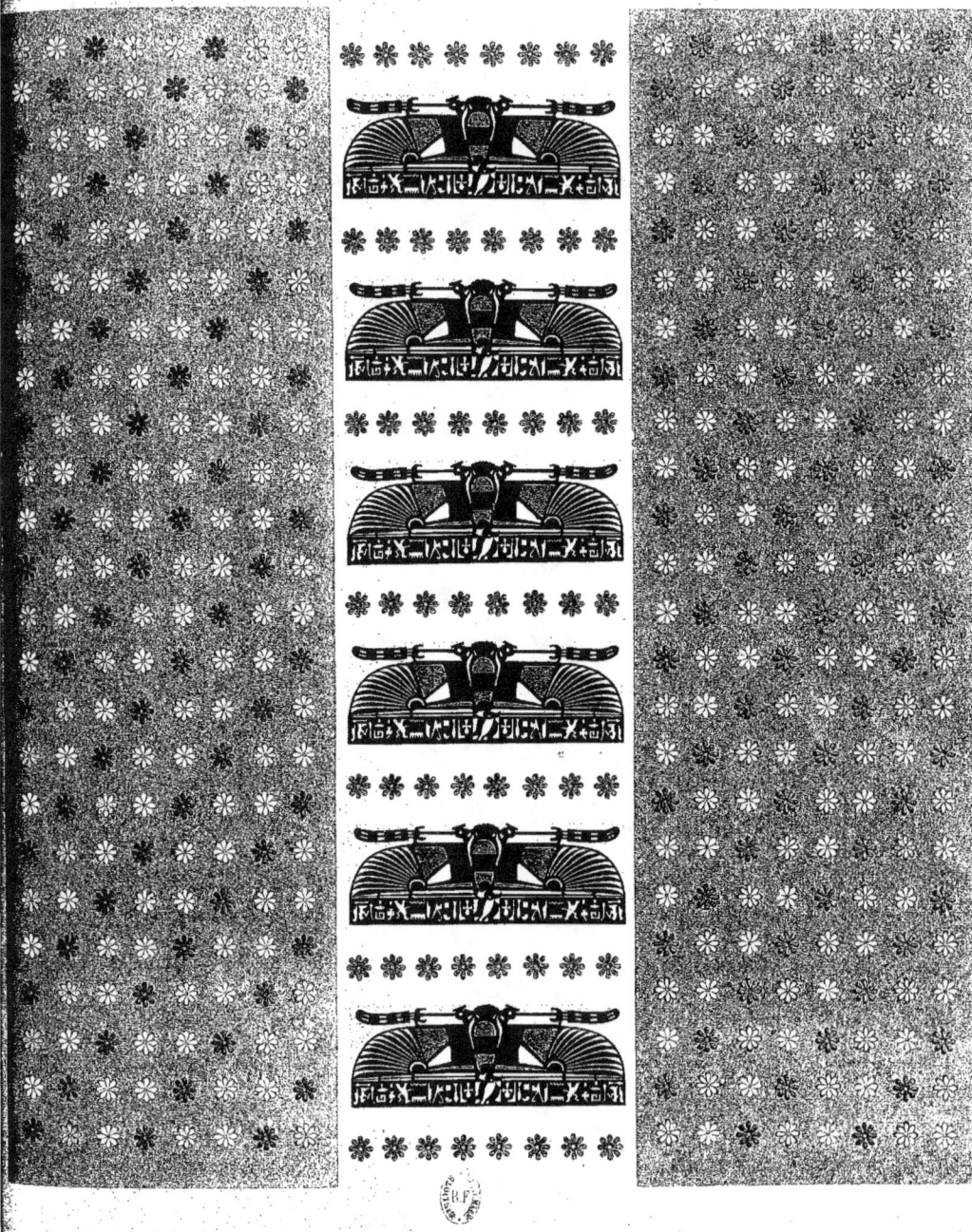

Pl. VII.

www.ingramcontent.com/pod-product-compliance
Lightning Source LLC
Chambersburg PA
CBHW061510170626
46811CB00004B/1695